2

JORGE LIQUETE

INSPIRIERT DURCH DAS ALBUM
DER NEUE DEUTSCHLAND VON
JOACHIM DEUTSCHLAND

© 2013 MOKOH Music GmbH, Berlin Germany

Die Verwertung der Texte und Bilder, auch auszugsweise, ist ohne Zustimmung des Verlags urheberrechtswidrig und strafbar. Dies gilt auch für Vervielfältigungen und Übersetzungen. Kein Teil des Werkes darf in irgendeiner Form (durch Fotografie, Mikrofilm oder andere Verfahren) ohne schriftliche Genehmigung des Verlages reproduziert oder unter Verwendung elektronischer Systeme verarbeitet, vervielfältigt oder verbreitet werden.

Text: Alles nervt, Schieß nicht, Konsum
Joachim Deutschland & Jorge Liquete

Text: Direkt ins Blut, Endlich angekommen, Little Suzie Part II
Joachim Deutschland

Text: Meine Sonne, Zum anfassen, Nebeneinander, Meine Stadt, Dieser Tag, Dean
Jorge Liquete ins Deutsche übersetzt von Iris Braun

Jorge Liquete dankt
Tobias Ebling, Ina M. Stengel, Iris Braun, Bernhard Müller und Karl Dunn.

MOKOH Music dankt Joachim Deutschland, unseren Familien, Freunden und Kollegen.

Druck: Druck und Werte GmbH, Leipzig
Printed in Germany

www.mokoh-music.com

ISBN 978-3-9816365-0-5

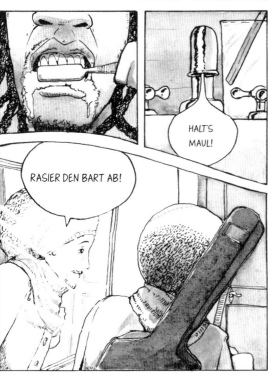

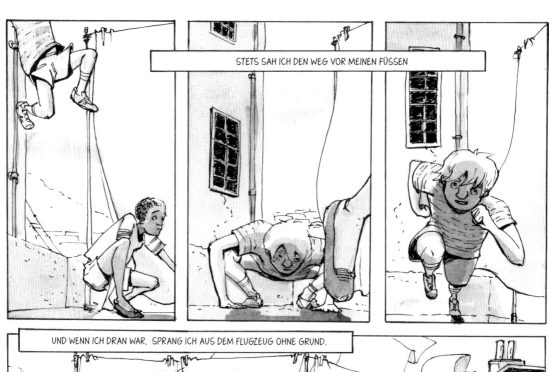

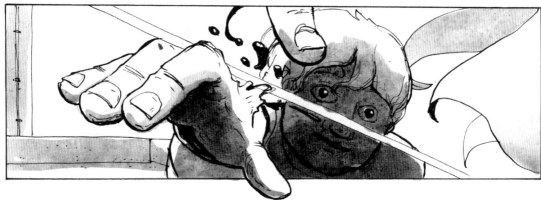

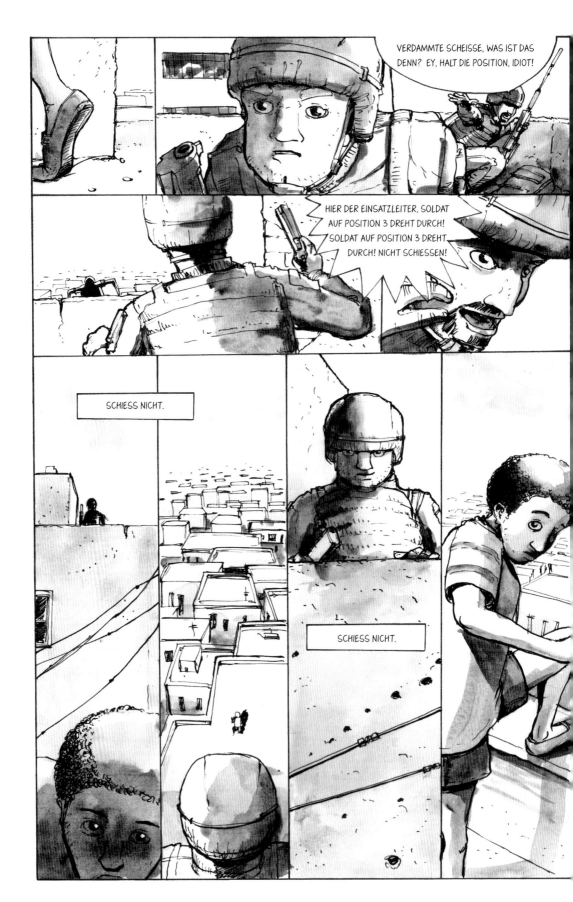

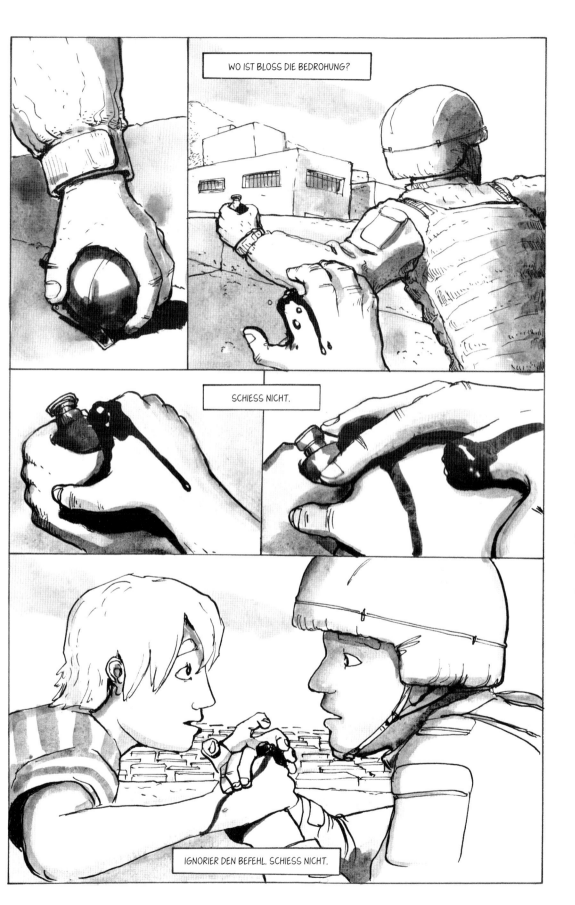

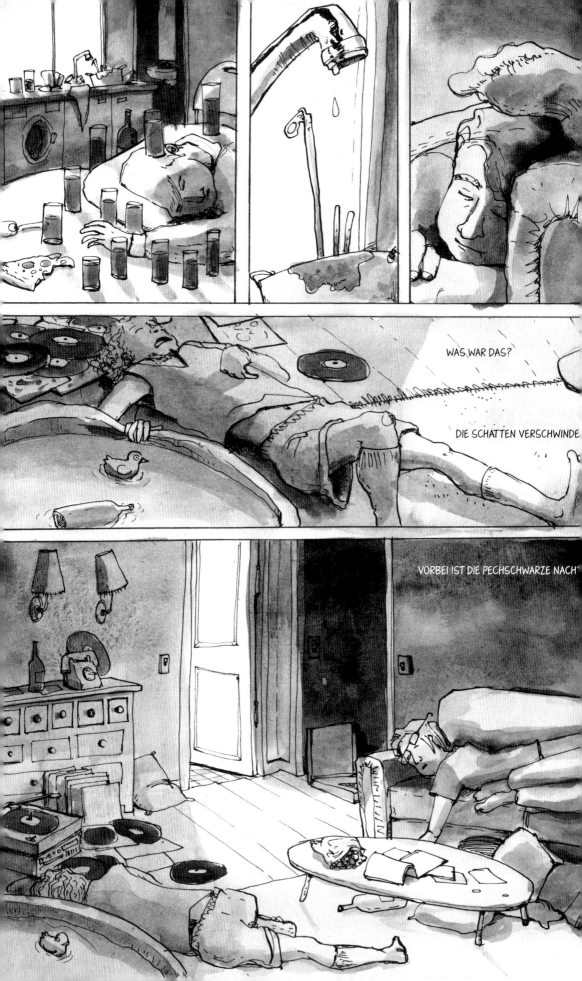

OHNE SIE BIN ICH VERLOREN.

KEIN ANFANG.

KEIN ENDE.

OHNE SIE

GIBT ES

MICH NICHT.

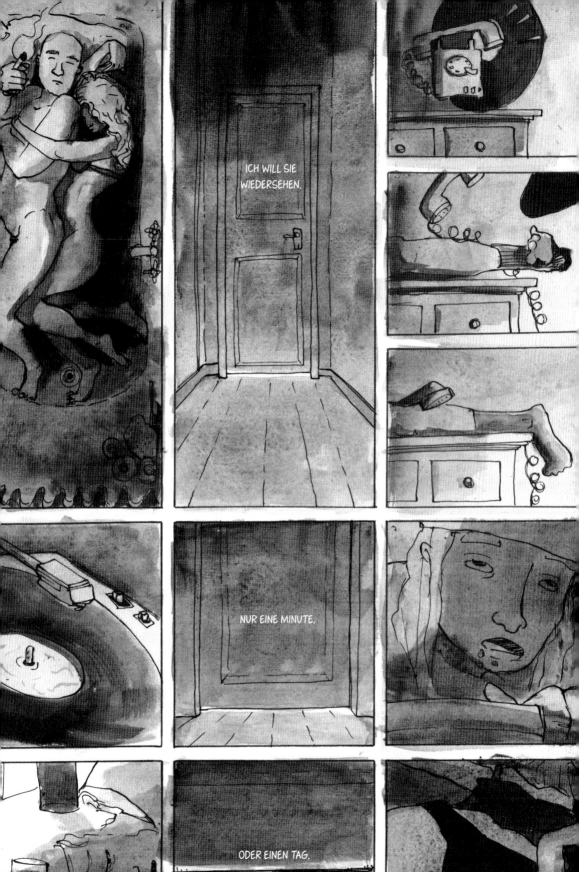

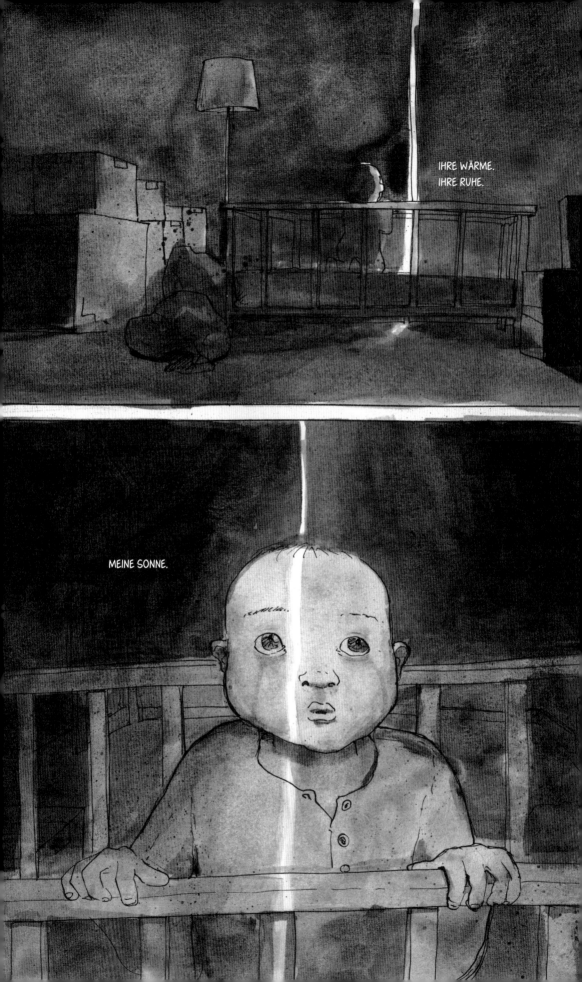

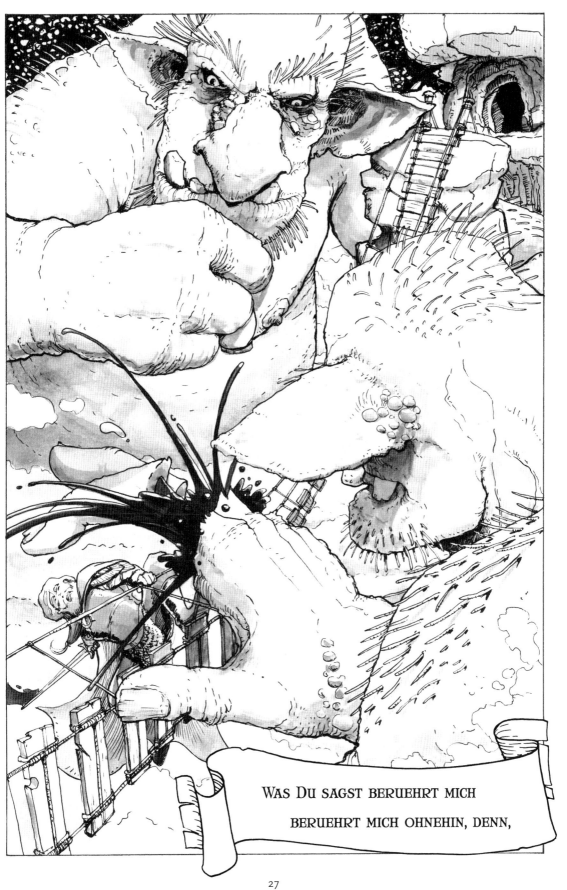

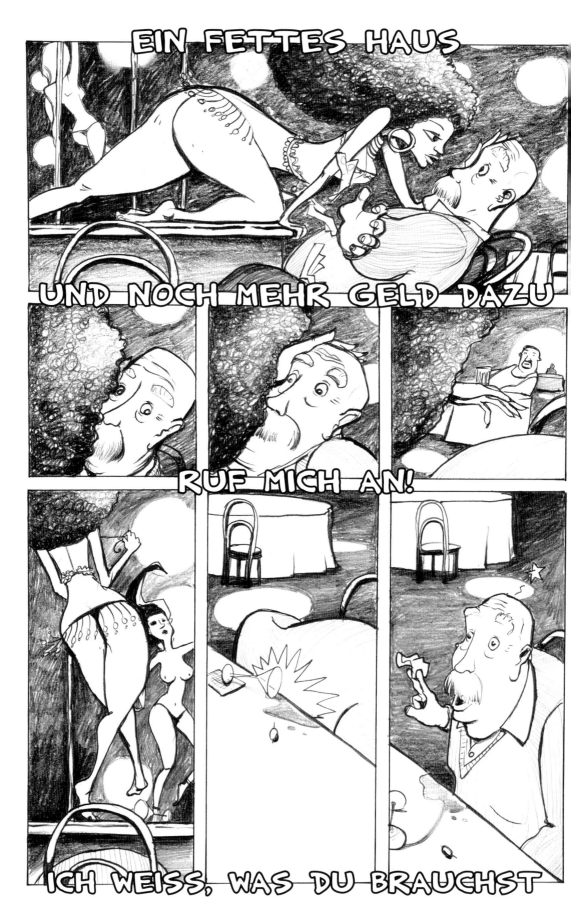

PRIORITÄTEN SETZT MAN NICHT ALLEIN

WENN DU DEINE PARTNER WÄHLST, SOLLTEST DU DIR SICHER SEIN

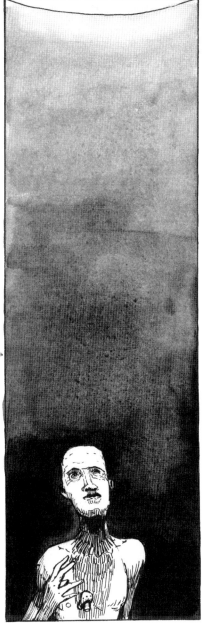

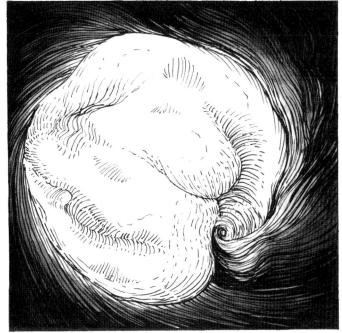

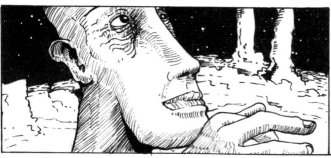

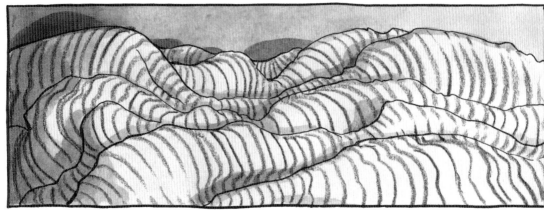

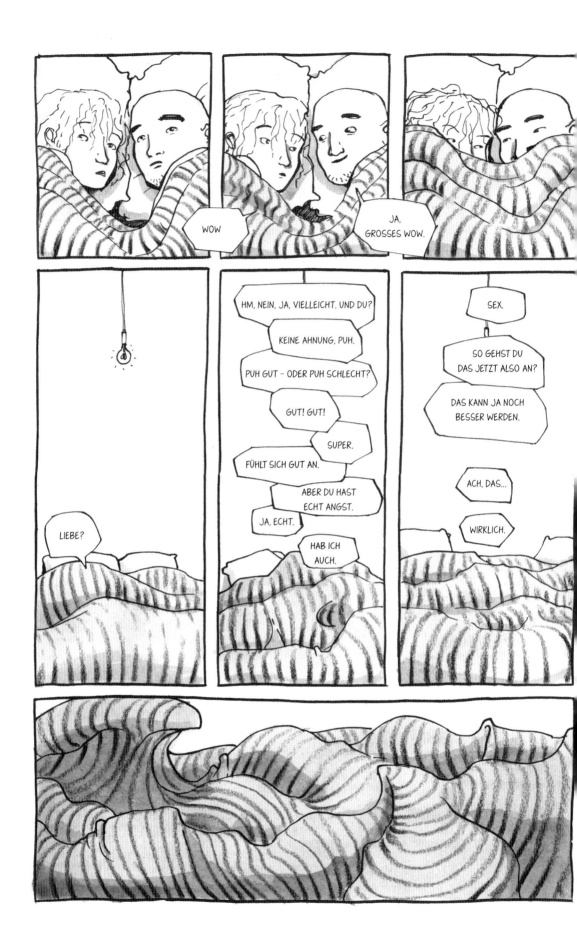

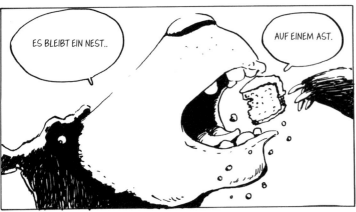

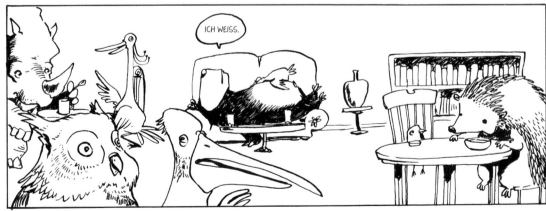

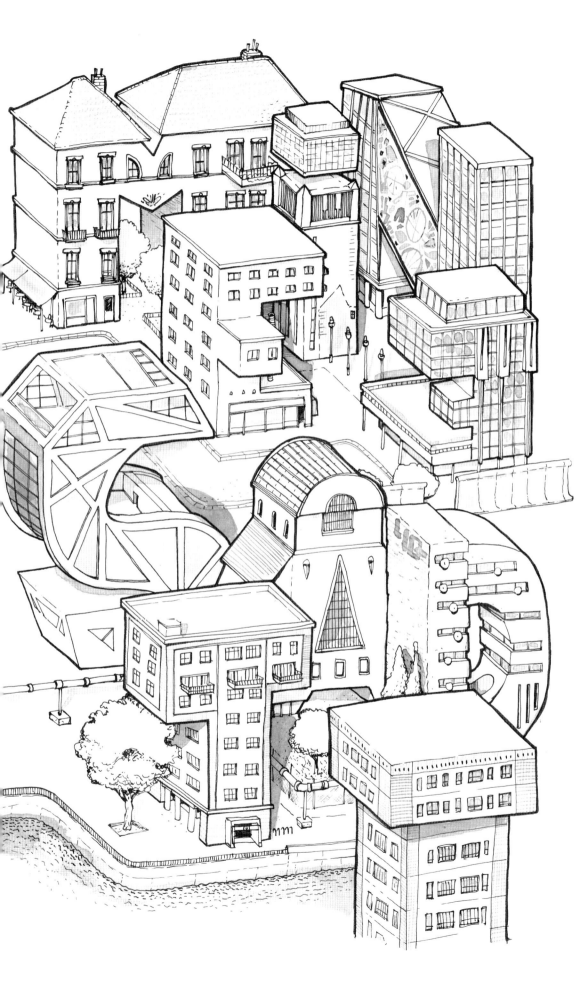

DIE SIND ABER AUCH ECHT SPEZIELL. IMMER GESTRESST, IMMER GENERVT. DABEI BLOCKIEREN SIE DOCH ALLES MIT IHREN KINDERWAGEN UND RAUNZEN EINEN AN, WENN MAN SICH DANN AN IHNEN VORBEISCHIEBT.

DIESE GÖREN IN DEN PARKS GEHEN MIR AUF DEN GEIST. GRILLEN DEN GANZEN TAG UND LASSEN DANN IHREN MÜLL DA LIEGEN. FAST SO SCHLIMM WIE DIE ALKIS, DIE DA SONST RUMHÄNGEN.

EY, WIR STÖREN DOCH KEINEN. UND WIR VERKAUFEN HIER OCH KEEN DOPE, WIE DIE DEALER HIER ÜBERALL.

KLAR, WIR VERKAUFEN SO EINIGES HIER. WAS BRAUCHST DU DENN SO?
ES GIBT HALT EINEN MARKT DAFÜR. INTERESSIERT AUCH KEINEN, SCHON GAR NICHT DIE POLIZEI. MANCHMAL KOMMEN ABER JETZT LEUTE, DIE HIER WOHNEN UND MACHEN STRESS.

ES NERVT EINFACH. KEINER KANN MEHR IN RUHE IM PARK SITZEN, IMMER KOMMEN JUNKIES AN, IMMER IST DRECK UND GESCHREI UND DIE POLIZEI MACHT AUCH NIX DAGEGEN.

WIR KÖNNEN DA EINFACH WENIG MACHEN. UND WIR HABEN HIER IN DER GEGEND ECHT GENUG ZU TUN MIT DEN GANZEN VERRÜCKTEN, DIE HIER RUMRENNEN.

ICH BIN NICHT VERRÜCKT. VERRÜCKT SIND ANDERE. DER TYP DA VORNE, DER HIER DIE WÄNDE ANSPRÜHT, DER IS VERRÜCKT. WEGEN DES ZEUGS, DAS DA AUS DEN DOSEN KOMMT, STERBEN WIR ALLE BALD.

DAS IST KUNST! UND ICH LASS MIR NICHT VORSCHREIBEN, WO ICH MEINE KUNST MACHE. UND ICH MACHE ES IMMERHIN NICHT NUR FÜR KOHLE, WIE DIE GANZEN TYPEN IN MITTE UND DIESE GALERIENWEIBER MIT IHREM BUSSI-BUSSI-SCHEISS.

WIR FÖRDERN KÜNSTLER. WIR BRINGEN LICHT IN DUNKLE ECKEN DER STADT. ABER EGAL WO UND WARUM IN BERLIN DIE MIETEN RAUFGEHEN – FÜR VIELE ALTEINGESESSENE SIND IMMER WIR SCHULD, NA KLAR.

DIESES GANZE KUNST-GETUE, DIESE GANZEN COFFEESHOPS UND YOGA-STUDIOS, DIESER GANZE OBERFLÄCHLICHE MIST. LEUTE WIE WIR KÖNNEN HIER DIE MIETE NICHT MEHR BEZAHLEN, WEIL SOLCHE TYPEN WIE DIE HIER HINZIEHEN.

ENTSCHULDIGUNG, ABER DURCH MICH GEWINNT DAS STRASSENBILD HIER AM KOTTI SICHER AN QUALITÄT – IM GEGENSATZ ZU DEN TYPEN, DIE DEN GANZEN TAG VORM KAISER MIT DER BIERFLASCHE STEHEN.

UND DANN DIESE JUTE-BEUTEL-FRAKTION. KOMMEN MIT MUTTIS KOHLE HER UND FINDEN ALLES SOOOO TOLL. NE, EY, BLEIBT MAL SCHÖN IN MITTE, FREUNDE.

DIESE GANZEN TOURISTEN-HIPSTER GEHEN MIR TOTAL AUF DEN KEKS. KOMMEN AUS DEN USA ODER SCHWEDEN UND WOLLEN UNS SAGEN, WIE WIR HIER ZU LEBEN HABEN UND WAS HIER ALLES SCHLECHT LÄUFT. ICH BIN SCHON SEIT FÜNF JAHREN IN NEUKÖLLN, MIR MÜSSEN DIE ECHT NIX ERZÄHLEN!

BERLIN IST SOOOOO COOL. ECHT, ABER SPRECHEN ECHT SCHLECHT ENGLISCH HIER. BIN LETZTENS IN DER S-BAHN KONTROLLIERT WORDEN. DER TYP WAR ECHT UNFREUNDLICH UND SAGTE IMMER NUR: „TICKETS"

ICH KENN MEINE PAPPENHEIMER. VON WEGEN "ICH VERSTEH NICHTS". ZUM BEISPIEL DIESE JUNGEN TÜRKEN. WÜRDE MICH WUNDERN, WENN AUCH NUR EINER VON DENEN EINEN FAHRSCHEIN HÄTTE.

DEN GANZEN TAG NERVT EINER RUM. ENTWEDER IN DER BAHN, ODER IN DER SCHULE UND SPÄTER IM PARK DANN DIESE RENTNER-OPAS, WEIL WIR DA RUMHÄNGEN UND MUSIK HÖREN UND SO!

KEIN WUNDER, DASS DIE TÜRKEN ALLE KEIN RICHTIGES DEUTSCH SPRECHEN BEI DER MUSIK.

BITTE??

UNS GEHT DIESE LAUTE MUSIK AUCH AUF DEN BÜRZEL! WIR KÖNNEN UNS SELBER NICHT MEHR HÖREN ! WENN DAS SO WEITER GEHT, KÖNNT IHR BALD SELBER SINGEN! WOBEI – DAS DANN DOCH BESSER NICHT. 	DIESES LAUTE VOGELGEZWITSCHER AM MORGEN NERVT MICH SO SEHR! ICH BRAUCHE MEINEN SCHLAF NACH EINER LANGEN PARTYNACHT ODER ICH WERDE EINES TAGES WIE EINE ALTE SCHWUCHTEL AUSSEHEN. 	IN LETZTER ZEIT GIBT ES OFT ÄRGER MIT TÜRKEN UND ARABERN, WEIL DIE KLEINEN HERZCHEN SELBER KEINEN SCHIMMER VON LIEBE UND SEX HABEN. ABER SOBALD WIR UNS ANFASSEN, GEHT ES LOS – VON HASSERFÜLLTEM BLICK BIS ZUR ANDROHUNG VON SCHLÄGEN. BERUHIGT EUCH MAL WIEDER FREUNDE, ODER MACHT ES DOCH EINFACH MAL SELBER. 
	ALS OB WIR IN BERLIN KEINE ANDEREN PROBLEME HÄTTEN. GEHT DOCH AUF DIE STRASSE UND SAMMELT DIE HUNDESCHEISSE AUF, DA HABT IHR MAL WAS ZU TUN. 	PROBLEME? ALLERDINGS. ÜBERALL NUR DREISTE AUSLÄNDER, DEUTSCHLAND GEHT VOR DIE HUNDE UND UNSERE POLITIKER SIND EH NUR MARIONETTEN. WACHT ENDLICH AUF! 

WIR VERSUCHEN HIER, UNSERE ARBEIT ZU MACHEN UND MÜSSEN UNS DAZU NOCH DEN GANZEN TAG VON DER PRESSE NERVEN LASSEN. 	ALLES, WAS WIR HIER KRIEGEN, SIND WORTHÜLSEN. KEINER SAGT WAS KONKRETES. MAN KÖNNTE MANCHMAL AUCH EINEN HUND INTERVIEWEN – MIT DEM SELBEN ERGEBNIS. 	NEIN, KÖNNTE MAN NICHT. ICH ZUM BEISPIEL VERTRETE EINEN KLAREN STANDPUNKT, WAS DAS ORDNUNGSAMT ANGEHT, DAS HERRCHEN DAZU ZWINGT, MICH ANZULEINEN. 
HUNDE LAUFEN LASSEN, FALSCHPARKEN, RADFAHREN AUF DEM BÜRGERSTEIG – ABER NERVEN TUN IMMER NUR WIR. KLAR. 	MEIN GOTT, ICH MUSS NUR KURZ WAS ABGEBEN HIER – ABER DIE SIND WIE DIE HYÄNEN VOM ORDNUNGSAMT. STATT SICH MAL UM DIE SCHEISS RADKURIERE ZU KÜMMERN – DIE SIND WIRKLICH GEFÄHRLICH! 	WER AUF DEM BÜRGERSTEIG FÄHRT, RISKIERT VOR ALLEM ÄRGER MIT DEN MUTTIS. DAS WÜRDE ICH MIR GUT ÜBERLEGEN. 

- EINEN MOMENT, ICH MUSS DAS NOCH EINSCHALTEN.

- JETZT?
- JA.
- SIEHT NOCH GAR NICHT FERTIG AUS...
- DOCH, ALLES KLAR, LEG LOS...

- MACH EINFACH SO, WIE WIR ES GEÜBT HABEN: 'HALLO PAPA'...
- HALLO PAPA, ICH WEISS, DU WÄRST AN MEINEM GEBURTSTAG GERNE HIER. ABER KEINE ANGST, WIR SCHAFFEN DAS SCHON NOCH. DANKE ERSTMAL FÜR DAS GESCHENK...

- DEAN, ICH WEISS, DASS DEIN VATER DIR EIN GESCHENK GESCHICKT HAT, ES DAUERT NUR MANCHMAL ETWAS, BIS ES DA IST. VIELLEICHT HAT DER PAKETBOTE DIE ADRESSE NICHT SOFORT GEFUNDEN ODER SO. ABER ES IST BESTIMMT UNTERWEGS!
- ICH HÄTTE ES EINFACH NUR GERNE JETZT...
- JETZT SOFORT GEHT HALT NICHT, ABER ES IST BESTIMMT AUF DEM WEG.

- DEAN, DIE KERZEN SCHMELZEN SCHON, DU SOLLTEST SIE JETZT MAL AUSPUSTEN! MACH MAL WIE ICH ES DIR GESAGT HABE – MUND AUF, TIEF EINATMEN, DANN MUND ZU. GENAU SO.

- UND JETZT PUSTE WIE WILD! GENAU! HERZLICHEN GLÜCKWUNSCH, DEANY!!

– NA, WIE GEHT ES MEINEM SCHATZ?
– HI, SCHAU DIR DAS MAL AN, DAS IST TOLL!
– WAS MACHST DU??

– ICH BAUE EINE BRÜCKE!
– EINE BRÜCKE?
– JA, EINE BRÜCKE.
– SCHÖNE BRÜCKE, DIE DU DA BAUST.
– JA, STIMMT.

– WO IST DER FLUSS?
– DA SOLL KEIN FLUSS SEIN, DU DUMME MAMA!
– WARUM NICHT, SCHLAUMEIER?

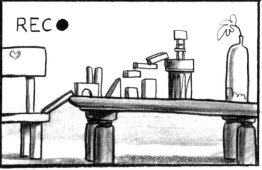

– DAS IST NICHT SO EINE BRÜCKE!
– ACH, NEIN? WAS FÜR EINE ART BRÜCKE IST DAS DENN?
– EINE BRÜCKE ZU PAPA...

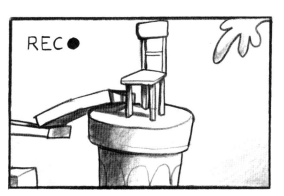

– DAS DA IST ALSO PAPA?
– JA. PAPA.

- DEAN, DEAN! SCHAU MAL IN DIE KAMERA. DU WOLLTEST PAPA DOCH WAS SAGEN, HAST DU DAS SCHON VERGESSEN?
- ËH...
- SCHON VERGESSEN?

- ICH WOLLTE PAPA OTTO ZEIGEN.
- GANZ GENAU. "PAPA, DAS IST OTTO".
- JA. MEIN KLEIN KATER!

- SOOOOO - UND WAS WOLLTEST DU NOCH SAGEN?
- DANKE PAPA, DAS IST DAS BESTE GESCHENK ALLER ZEITEN!
- PAPA HATTE NUR VERGESSEN ZU ERZÄHLEN, WO WIR DAS GESCHENK ABHOLEN KÖNNEN - ABER DER NETTE PAKETBOTE HAT ES MIR HEUTE GESAGT.

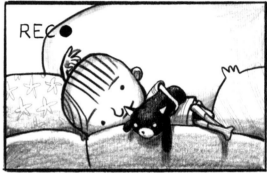

- JA, DANKE PAKETBOTE. ICH PASSE JETZT GUT AUF OTTO AUF, GEBE IHM FUTTER UND ERZIEHE IHN.
- ABER NICHT SCHÜTTELN, DEAN-SCHATZ, DU MACHST IHM ANGST DAMIT.
- MACH DIR KEINE SORGEN, OTTO IST EINE GUTE...

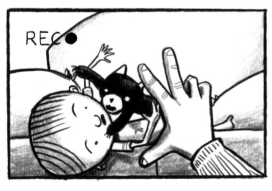

- MAAAAAW!
- AAAAAAAH!
- OTTO! DEAN, LASS DIE KATZE LOS!

- DU SCHULDEST MIR WAS, MEIN LIEBER!

– RENN NICHT SO SCHNELL, DU RENNST AUS DEM BILD! HALT!!

– KOMM´, SEI NICHT MEHR TRAURIG. WIR WOLLTEN PAPA DOCH ZEIGEN, WIE GUT DU SCHAUKELN KANNST. KOMM´, DAS MACHEN WIR JETZT.

– JA!
– DANN MAL LOS, HOPPHOPP!

– SO PAPA, SCHAU DIR DEAN AUF DER SCHAUKEL AN.
– ICH KANN BIS ZUM MOND FLIEGEN!!
– VORSICHT DEAN.

– SCHAU MAL, MAMA!

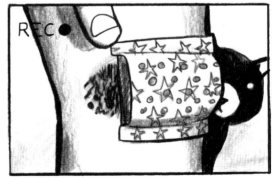

– HIER IST DEANS VERBUNDENES KNIE...
– HALLO KNIE!
– DEAN WOLLTE DIR SEIN ZAUBER-PFLASTER ZEIGEN.
– DAS KANN ECHT ZAUBERN! JETZT MUSS ICH NICHT MEHR WEINEN!!

- WER IST DAS?
- DAS IST DIE PRINZESSIN.
- MIT SO VIELEN ZÄHNEN?
- JA, DAS IST PRINZESSIN ZAHN.

- SIE STINKT WIE EIN PILZ UND GEHT NUR IM DUNKELN RAUS.
- DEAN, DAS STEHT DA NICHT...

- SIE MUSS EINEN PRINZEN FINDEN, DER SIE KÜSST – ABER SIE KANN KEINEN FINDEN – MIT SO VIELEN ZÄHNEN.. SIE BEISST JA ALLE!
- SO, MEIN FREUND, DIE GESCHICHTE IST NICHT SO TOLL. ZEIT ZU SCHLAFEN.

- MOMENT! WAS IST MIT DEM RITTER IN DER SCHIMMERNDEN RÜSTUNG AUS DEM LAND VOR UNSERER ZEIT?
- KEINE AHNUNG, WAS IST MIT IHM?
- ER KANN NICHT KOMMEN, ER MUSS SEINE RÜSTUNG POLIEREN.
- OK, ICH DENKE, DAS REICHT JETZT.

- SAG PAPA GUTE NACHT.
- NACHT, PAPA.

Mein erstes eigenes Comic, fast.

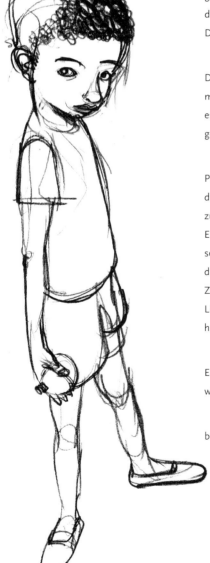

Seit meinem ersten Mickey Mouse Heft, das mir die Oma eines Freundes, die nach Westberlin fahren durfte mitgebracht hat, war ich fasziniert von diesen Heften mit den vielen Bildern und wenigen Worten.

Die Abrafaxe, also Tick, Trick und Track des Ostens, gab es nur einmal im Monat, was für mich natürlich viel zu wenig war und bedeutete, dass ich erst nach 1989 die komplette Welt der Comics und ihre Vielfalt erleben durfte. Ich habe fortan davon geträumt, selber ein Comic zu machen und wurde von der harten und wie ich finde immer noch ungerechten Realität eingeholt, dass meine Zeichenkünste nicht über die eines 8-jährigen hinausgehen und sich der Markt für abstrakte Comics leider nicht durchgesetzt hat.

Da ich Musik genauso gut fand und hier, auch zur Freude meiner Eltern, mehr Talent habe, wurde daraus der Großteil meines Lebens. Aber ich habe diesen Wunsch nach dem eigenen Comic nie vergessen und geduldig auf den richtigen Moment gewartet. Jetzt war er da. Inspiriert durch unser Artwork zum Album „Der neue Deutschland" von Joachim Deutschland, wusste ich, da geht mehr.

Dass nun ausgerechnet ein Spanier mit, sagen wir mal, überschaubaren Deutschkenntnissen, das Comic zu Joachim Deutschlands Deutschrock macht, verdanke ich der Empfehlung von Tobias Ebling. Danke dafür, es könnte nicht besser sein und wir haben mit vielen Comic Artists gesprochen.

Jorge Liquete, der lange mit dem Künstler und uns, also den Produzenten des Albums, über jeden einzelnen Song gesprochen hat, der die Texte vom Deutschen ins Englische, ins Spanische und wieder zurück übersetzt hat, hat uns zu jeder Sekunde überrascht und alle meine Erwartungen übertroffen. Für einige Songs hat er die Original Texte für seine Geschichten genommen, bei anderen Eigene geschrieben. Aber das, was mir wirklich den Atem verschlagen hat, ist die Vielfalt seiner Zeichenkünste. Jede Story sieht so anders und in sich perfekt aus. Die Liebe und die Details in jeder einzelnen Zeichnung faszinieren mich. Das habe ich so mehr als selten in einem Comic gesehen.

Jetzt ist es fertig und ich bin glücklich und stolz, dass „mein" Erstlingswerk gleich so etwas tolles ist, auch wenn sich die Frage stellt, ob wir das jemals übertreffen können und es vielleicht dabei belassen sollten.

Danke Jorge für 10 Monate gemeinsame Arbeit und Euch viel viel Spaß, beim Debütcomic von Jorge Liquete und MOKOH Music.

Stephan Moritz,
General Manager and Executive Producer @ MOKOH Music

Am I dreaming?

'So here is the album. I hope you like it because we want to make a comic out of it. You can do whatever you want. Total freedom. 12 stories.' These things don't happen very often in life: the dream job.

I admit it's my first comic book and I am no writer. So if you ask me how it was the answer will differ quite a lot depending on the phase of the process. Writing is easy. Good writing is just like pulling your own heart out of your chest, chopping it up, analyzing it and then shoving it back into it's place without even taking an ibuprofen. 'Nebeneinander' is the most personal story of them all. It is a patchwork of memories and emotions based on my first years in Germany, since the song is about a broken couple (one of them a foreigner) that tries to desperately keep the flame alive. I came up with Germany being a place full of birds, where any other species are 'Auslander' (foreigner).

Most of the stories have the lyrics as a 'voiceover' but they were supposed to work without any text. 'Endlich angekommen' and 'Meine Sonne' are a good example of trying to express with no words a single primordial feeling in a few pages. 'Alles nervt' is just the way I experience really bad days. 'Dean' was the most touching story to me. Growing up without an absence is quite common these days but still leaves a mark that never goes away.

I also tried to bring as many different styles together as I could. That is the masochistic in me. It was not only the challenge of it all but because there was a need to express the different stories in different ways. 'Schiess nicht' and 'Alles nervt' were my approach to a more realistic style. In 'Dieser Tag' tried to play with big black masses like Mike Mignola. 'Direkt ins Blut' was inspired by a spanish comic book form the 40's 'El Príncipe Valiente' ('Prince Valliant') that had huge illustrations filled with knights, princesses and drama. Of course, there had to be dragons and trolls.

'Endlich angekommen' is my own tribute to Jean Giraud 'Moebius', and 'Little Suzie pt.II' was my own personal nightmare. I tried to use the opposite style I normally use. I'm an old fashioned baroque-cute illustrator. Suzie is more grafitti style: agressive, dynamic and clean. It was hell of a fun.

I can only be grateful with Stephan Moritz. He trusted me and gave me an opportunity to put myself into challenges I never thought existed. 10 months of hard work. Our baby.

Jorge Liquete, Madrid 1973
www.liquete.info